MARTIN MYSTÈRE™

Enlevés dans l'autre dimension

Loi n° 49-956 du 16 juillet 1949
sur les publications destinées à la jeunesse :
janvier 2007.

www.martinmystere.com

ISBN : 978-2-266-16746-8

Martin Mystère

Enlevés dans l'autre dimension

Gilles Legardinier

d'après un scénario de Julie Lacey

POCKET jeunesse

Direction opérationelle
du centre

FICHES D'IDENTIFICATION CONFIDENTIELLES

AGENTS SPÉCIAUX

AFFECTÉS AUX AFFAIRES PARANORMALES

Martin

Jeune, sportif, Martin est toujours prêt pour l'aventure et l'action. Il est irrésistiblement attiré par tout ce qui est étrange et de préférence gluant, ce qui dégoûte sa sœur! Agent spécial volontaire, il remplit les missions les plus incroyables, affrontant aliens de tous poils et créatures diaboliques.

Commentaire de Mom, directrice du Centre : « Garçon plein de charme mais dont les idées tordues peuvent aussi bien sauver le monde que provoquer des dégâts très coûteux. »

CONFIDENTIEL

DiANA

Contrairement à Martin, son demi-frère, Diana est studieuse, sérieuse, ponctuelle et raisonnable. Elle est connue pour ses remarquables qualités intellectuelles. Par contre, lorsqu'il s'agit de passer à l'action, elle n'est plus aussi douée... Avec son grand frère, elle fait des étincelles, dans tous les sens du terme.

Commentaire de Mom, directrice du Centre : « Jeune fille séduisante et intelligente, qui ne supporte pas les blagues de son frère. »

CONFIDENTIEL

JAVA

Fidèle complice de Martin et Diana, Java est un homme de l'âge de pierre ramené d'une mission transdimensionnelle.

Remarquablement en forme malgré ses vingt mille ans, il leur prête son incroyable force physique dans les missions les plus dangereuses. Plutôt craintif, il lui arrive de se comporter comme un enfant de quatre ans...

CONFIDENTIEL

MOM

Cette femme aussi belle que mystérieuse est la directrice du Centre et supervise d'une main de fer toutes les enquêtes paranormales secrètes à travers le monde. Elle a un faible pour les inventions révolutionnaires et pour son agent le plus délirant et le plus doué, Martin Mystère !

CONFIDENTIEL

Billy

Ce petit extraterrestre qui ne se déplace qu'à bord de sa mini-soucoupe volante est l'assistant personnel de Mom. Il rêve d'avoir autant de succès que Martin avec les filles et autant de courage dans les missions. Même s'il a peur de tout, on peut toujours compter sur Billy pour donner la bonne information au bon moment…

CONFIDENTIEL

chapitre 1

C'était un événement : des années après les mystérieuses disparitions qui avaient conduit à sa fermeture, l'ancienne ligne de métro allait être rouverte. Personne n'avait compris ce qui s'était passé à l'époque et les passagers n'avaient jamais été retrouvés. Mais avec le temps, tout le monde avait fini par oublier.

Sur le quai de la station Riverside, les techniciens effectuaient les dernières vérifications. Un talkie-walkie grésilla :

– Ici la rame numéro 1, tout semble en ordre, j'arrive à quai dans moins de dix secondes.

Le train pénétra dans la station avec une parfaite précision.

Le chef des ingénieurs à quai saisit le talkie :

– Impeccable, Joe ! Tous les contrôles sont bons. On peut rouvrir la ligne.
Par la vitre de la cabine, Joe fit un petit signe amical à ses collègues et annonça par radio :
– Je reconduis la rame au dépôt, et ensuite on fête ça !

Il enclencha la manette d'accélération et le métro se remit en branle. Le convoi entra dans le tunnel obscur à bonne allure et gagna encore de la vitesse. Au loin, sur la voie, Joe remarqua quelque chose qui brillait. Il plissa les yeux pour mieux voir. La lueur semblait grossir. Joe crut d'abord qu'il s'agissait du reflet de ses propres phares sur un panneau oublié pendant les travaux, mais la luminosité était vraiment très forte. Peut-être s'agissait-il de la torche d'un ouvrier ? Il klaxonna. Tout à coup, la lueur devint immense. Paniqué, Joe actionna le freinage d'urgence, mais la rame refusa de s'arrêter ! Elle continuait inexorablement vers l'énorme boule de lumière, qui était à présent aussi large que le tunnel ! Joe se protégea le visage en hurlant de peur. L'impact fut violent. La rame tout entière se charga d'électricité. Pendant quelques secondes chaque molécule du convoi fut comme frappée d'une énergie surnaturelle.

Puis, après le tumulte de lumière, le calme revint. Seuls quelques éclairs couraient encore sur les rails en grésillant. Il n'y avait plus aucune trace de la rame de métro.

chapitre 2

Comme toujours avant la reprise des cours de l'après-midi, les couloirs de l'université de Torrington grouillaient de monde. Diana tentait désespérément de ranger une énorme pile de livres dans son casier.

– Salut, Diana !

La voix la fit sursauter. Elle tourna la tête pour vérifier qu'elle ne s'était pas trompée. C'était bien lui : Hunter Barrington, le grand baraqué à la mâchoire carrée et au sourire désarmant.

– Coucou, Hunter, répondit-elle en essayant de dissimuler son trouble.

– Attends, je vais t'aider.

Il s'approcha et la débarrassa aussitôt de ses livres.

– C'est trop gentil.

Diana était complètement paniquée. Certaine d'être en train de rougir, elle se mit à fouiller dans son casier pour ne pas que Hunter le remarque.

– C'est la moindre des choses. Tu as été vraiment sympa de me faire visiter tous les bâtiments ce matin, déclara le jeune homme.

Sans aucun effort, il souleva la pile de livres d'une seule main. Tout à coup, celle-ci lui échappa et Diana poussa un petit cri de terreur. Mais Hunter effectua une surprenante pirouette, rattrapa les ouvrages au vol et les maintint en équilibre.
– Ne bouge plus ! lui demanda Diana avec malice. Je vais enfin pouvoir les ranger dans mon casier !
– J'ai bien failli provoquer une catastrophe, commenta Hunter, un peu gêné. On se voit toujours à trois heures et demie ?

Diana sentit un frisson de plaisir la parcourir :
– Je ne raterais ça pour rien au monde !

Hunter lui fit un clin d'œil et s'éloigna en souriant. Diana était tellement occupée à le regarder qu'elle posa ses livres à côté de son étagère...

– Eh bien, sœurette ? Tu sembles toute bouleversée !
Martin se tenait à côté d'elle. Diana se ressaisit :

– Sache, gros malin, que je ne suis pas bouleversée ! Je suis simplement de bonne humeur. Il se trouve que Hunter Barrington, lui, me fait rire.

– Le nouveau ? Arrête… Ça fait à peine quatre heures qu'il est là. Tu ne le connais même pas !

– Suffisamment pour savoir qu'il est drôle, super mignon, intelligent, serviable, trop craquant et… qu'on a rendez-vous ensemble cet après-midi.

– Rendez-vous ! Tu rigoles ! Où est-ce qu'il t'emmène ?

Diana fit la fière et jeta un regard méprisant à son frère :

– Nous nous voyons à la bibliothèque.

Martin ouvrit des yeux incrédules.

– J'arrive pas à y croire ! s'exclama-t-il. Il t'a fait le coup du « aide-moi à faire mes devoirs » !

– Ce n'est pas du tout ça, Martin. Je vais juste l'aider à réviser nos derniers cours

de maths, et lui va me donner un coup de main pour mon devoir de sciences naturelles.

– Ben voyons...

C'est alors qu'un bip strident et familier retentit.

– Le Centre nous appelle, commenta Martin.

– J'entends bien, mais où ont-ils bien pu mettre la porte dimensionnelle ?

Martin repéra une affiche qui n'était pas dans le couloir la veille...

– Par ici, sœurette, en avant pour de nouvelles aventures ! Je me demande où est Java... S'il arrive en retard, Mom va encore grogner !

Le frère et la sœur arrivèrent dans un sas futuriste aux parois entièrement métalliques. Le laser de contrôle commençait

à les analyser lorsque Java surgit d'une autre porte et s'écrasa sur Martin.
– Aïe ouille ouille !
– Désolé, Martin, moi pas vouloir être en retard. Sinon Mom pas donner petit jouet.

Diana soupira :
– On se demande parfois ce qui vous motive, tous les deux... À vrai dire, mieux vaut ne pas le savoir !

Le laser de contrôle reprit son travail. La voix métallique annonça enfin :
« Identification confirmée pour Martin Mystère, Diana Lombard et Java des Cavernes. Accès autorisé. »
Le système de sécurité débloqua le panneau d'entrée et les trois compagnons pénétrèrent dans le Centre.
– Salut, les amis ! lança Billy en arrivant sur sa soucoupe volante miniature. Alors,

X01

Martin, quoi de neuf côté drague ? Ça mord à l'hameçon ? Tu as brisé de nouveaux cœurs ?

– En fait, j'ai dû suspendre momentanément ma quête du bonheur pour protéger ma sœur d'un affreux coureur de jupons.

Diana bondit :

– Hunter n'est pas comme ça ! C'est un jeune homme bien élevé qui a tout ce qu'il faut : la beauté, les muscles et le cerveau !

La conversation se poursuivit dans l'ascenseur qui les conduisait au bureau de Mom.

– Tu peux le constater toi-même, Billy : elle est raide dingue de Monsieur Perfection. Mais je me méfie. Et je m'y connais !

– Évidemment, ironisa Diana, si tous les garçons étaient comme toi, il y aurait de quoi se méfier !

– Alors, prouve-moi qu'il ne te fait pas les yeux doux pour que tu lui fasses ses devoirs !

– D'accord, je vais demander à Billy d'enquêter sur lui. Tu verras que Hunter est un garçon fantastique et tu t'en mordras les doigts !

Les portes de l'ascenseur s'ouvrirent sur le bureau de la directrice du Centre : Mom. À la surprise générale, ce n'est pas une Mom que le trio découvrit mais deux, parfaitement identiques…

– Java peut-être avoir deux petits jouets ?

– Bonjour, agents spéciaux. Laissez-moi vous présenter mon clone, Mom 2. Maintenant, je vais vraiment pouvoir faire deux choses à la fois.

– Et on se fera hurler dessus deux fois plus, murmura Martin.
– Nous vous avons entendu, agent Mystère ! N'oubliez pas que nous avons maintenant deux fois plus d'oreilles.
– Sympa, l'ambiance... Je vais faire deux fois plus de cauchemars !
– Je vous ai demandé de venir pour une mission un peu particulière. Une rame de métro s'est volatilisée. Le seul indice que nous ayons est le dernier message radio de son conducteur, Joe Green. Il a poussé un cri de terreur...
– Il s'agit peut-être d'un détournement ? proposa Diana.
– Bien sûr, ironisa Martin. Des milliers de fourmis rêvaient d'avoir un beau métro pour elles toutes seules, alors elles se sont jetées dessus, elles l'ont entièrement déboulonné et elles l'ont caché dans des trous de souris...

– C'est malin de te moquer de moi, Martin ! Bien sûr j'imagine que toi, tu as déjà percé le secret de cette énigme !
– En effet, je pencherais plutôt pour une faille spatio-temporelle, un de ces trucs bizarres qui vous expédient quelque part dans la quatrième dimension…

Pour appuyer sa théorie, Martin fit de grands gestes… et envoya balader la moitié des objets posés sur le bureau des deux Mom, qui le fusillèrent du regard.
– Double bonheur… commenta Martin, piteux, en rentrant la tête dans les épaules.

chapitre 3

Martin, sa sœur et Java inspectaient avec minutie la station de métro déserte.

– Cet endroit est lugubre quand il n'y a personne, commenta Diana. Je ne suis pas très à l'aise.

– Diana pas seule, déclara Java. Martin et moi être là.

– Je ne sais pas si ça me rassure.

– Mademoiselle préférerait sûrement que Hunter Barrington soit ici pour lui tenir compagnie…
– Quel humour, Martin ! Je suis certaine que Hunter ne s'amuserait pas à me terrifier avec des araignées mortes !

Martin se détourna :
– Allez viens, Java, on ne trouvera rien sur ce quai. Allons jeter un œil dans le tunnel.
Les deux garçons sautèrent sur la voie et se dirigèrent vers l'endroit précis où le métro avait disparu.

– Vous n'allez pas me laisser toute seule ? protesta Diana.
– Alors viens avec nous ! Tu pourras même profiter de la compagnie de centaines de rats, et peut-être même d'un ou deux alligators...

Diana tressaillit à l'évocation des bestioles.
– Brrr ! Ne me laissez pas, les garçons !
Elle se dépêcha de les rattraper.

Dans le tunnel, tout semblait normal.
– On a du mal à croire qu'il s'est passé un truc aussi étrange ici, déclara Martin. Pourtant, d'après ce que m'ont dit les services de police, ce n'est pas la première fois qu'une disparition a lieu à cet endroit.

Le trio avançait à la lueur de la torche de Martin. Diana n'était pas rassurée et se tenait tout près de Java.
– Attention, petite sœur, il me semble avoir aperçu un vampire dans l'obscurité.
– C'est malin...
Java se pencha vers elle avec un sourire malicieux :
– Bouh ! lui fit-il en lui chatouillant le bras.

Le hurlement de Diana résonna dans tout le tunnel.
– Vous êtes vraiment deux malades ! Il n'y en a pas un pour rattraper l'autre ! Je ferais encore mieux de rester avec les araignées et les rats.
Énervée, Diana prit la tête de la marche et suivit les rails dans le noir. Martin continua à réfléchir à voix haute :
– Je crois que cette histoire a un rapport avec la disparition d'une autre rame de

métro, survenue ici même, dans les années soixante. Mais celle-là était pleine de passagers...

– Tu lis trop de romans fantastiques, Martin.

À peine eut-elle lancé sa remarque que Diana trébucha et s'étala de tout son long.

– Toi, tu ne regardes pas assez où tu mets les pieds, rétorqua Martin en se penchant pour l'aider à se relever.

Diana avait buté dans un rail qui semblait avoir fondu.

– Tiens tiens, regarde-moi ça. Étrange !

De son côté, Java s'approcha du mur, attiré par des traces rougeâtres.
– Java pas aimer ces traces, ça rappelle gros tourbillon dans caverne juste avant notre rencontre.

– Tout cela colle parfaitement avec ce que je soupçonne. Il doit y avoir une faille spatio-temporelle dans le coin, et le métro est tombé dedans.
– Mon pauvre Martin, c'est ton cerveau qui a disparu dans une faille !

Tout à coup, le sol se mit à trembler. Diana vacilla sur ses jambes.
– Martin, dis-moi que c'est normal et que je n'ai aucune raison de paniquer !
– Il y a certainement une explication rationnelle, petite sœur. Les fourmis qui ont piqué le métro font une grande fête et jouent du tam-tam.

– Java sentir mauvais coup venir, moi pas vouloir aller dans grand tourbillon !

Soudain, le sol s'entrouvrit et une épaisse fumée envahit le tunnel. Comme surgie des entrailles de la terre, une lueur s'éleva et s'intensifia, jusqu'à devenir une explosion de lumière.
– Martin ! Je vois ma vie défiler devant mes yeux !
– Java aussi !

– Considérons les choses de manière positive : j'ai maintenant une bonne raison de ne pas aller à l'interro de maths de demain !

Les trois amis se cramponnèrent, tentant de résister à la force qui les aspirait dans le gouffre. Ils ne tinrent que quelques instants, avant de disparaître dans un déluge d'éclairs…

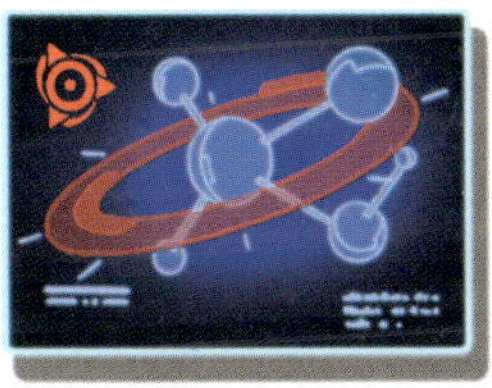

chapitre 4

La lumière du soleil filtrait à travers les feuilles d'un beau vert tendre. Le vent agitait doucement les branches. Diana s'éveilla la première.

– Ouh là là, quel mal de tête ! Mais, où suis-je ?

Elle se redressa péniblement et découvrit un jardin merveilleux. Elle était étendue à l'ombre de grands arbres sur un tapis d'herbe que parsemaient des milliers de fleurs multicolores.

Martin s'éveilla à son tour :
– J'ai le dos fracassé. On dirait que j'ai passé la nuit dans une machine à laver...
En découvrant le paysage, il ouvrit grands les yeux et s'exclama :
– Ce parfum, ces couleurs, ce calme ! Ça y est, nous sommes morts, et nous voilà au paradis !
– Si j'étais au paradis, rétorqua Diana, tu ne serais pas là !

Java reprit connaissance à son tour.
– Jardin joli ! s'écria-t-il en se levant d'un bond.
Il se mit à gambader entre les arbres fruitiers.
– Java heureux dans nature ! Java manger des baies et des fruits ! Java vous

apprendre comment chasser petits animaux pour festin ce soir !

– En voilà au moins un qui est content, bougonna Diana. Mais moi, j'aimerais bien savoir par quel miracle on est passés d'un tunnel de métro à cet endroit féerique !

– C'est sûrement un coup des fourmis qui ont piqué le métro ! se moqua Martin. Puis il activa son chrono-scan à son poignet et ajouta :

– Et maintenant, assez rigolé. Il est temps de contacter Billy pour savoir où on a atterri.

Rien n'apparut sur l'écran miniature. Martin essaya de changer de fréquence mais il ne captait aucun signal du Centre. Même la ligne d'alerte restait muette.

– Je crois bien que nous sommes coupés de tout, dit-il avec un soupir.

– Il faut trouver de l'aide ! décréta Diana.

Java revint, les bras chargés de fruits inconnus.

– Java avoir l'impression être revenu chez lui. Moi reconnaître plantes et air frais. Plus sentir pots d'échappement !

– Bien content pour toi, mon vieux, mais pour nous, je suis un peu inquiet…

Java repartit aussitôt explorer les alentours. Diana ronchonna :

– Ce qui m'embête le plus, c'est que je n'ai même pas eu le temps de demander à Billy d'enquêter sur Hunter.

Martin s'immobilisa.

– Diana Lombard ! gronda-t-il. Nous sommes en mission, perdus dans je ne sais quelle dimension, et tu trouves encore le moyen de penser aux garçons ?

Java revint vers ses amis en courant :

– Vous venir voir tout de suite ! Java trouvé quelque chose qui rappelle votre monde !

En arrivant dans la clairière, Martin et Diana se figèrent. Devant eux, comme tombée du ciel, se trouvait la rame de métro disparue.

Martin se précipita dans la cabine de pilotage.

– Rien. Aucune trace du conducteur.

Puis, à quelques mètres de la rame, Martin découvrit un indice :

– Regardez, notre homme est bien passé par ici ! J'ai trouvé sa casquette et son badge.

– « Joe Green, conducteur », lut Diana. Si ça se trouve, il n'est pas loin.

Diana fut alors frappée par un détail.
– Il n'y avait aucun passager dans ce métro, n'est-ce pas ?
– Exact, c'était une rame test.
– Alors, à qui appartiennent toutes ces affaires cachées dans les buissons ?

Les trois agents découvrirent en effet que la zone était remplie de valises, de sacs et de vêtements démodés.
– Il est clair que nous ne sommes pas les premiers à atterrir dans le coin, fit Diana.
– C'est étrange, déclara Martin en soulevant de vieux journaux. Tout semble dater des années soixante. Si ça se trouve, nous allons découvrir ce que sont devenus les disparus du métro de Riverside...

Une voix claire et chantante surprit les trois agents dans leurs recherches.
– Bonjour à tous !

Le trio fit volte-face et découvrit une charmante femme, habillée de couleurs vives et coiffée d'un gros chignon.
– Bonjour, madame, répondit Diana. Si vous saviez comme nous sommes heureux de vous rencontrer.
– Soyez les bienvenus, mes enfants. Je suis madame Appleby.
– Nous commencions à penser qu'il n'y avait plus personne ici, continua Diana. D'ailleurs, où sommes-nous ?

Mme Appleby lui répondit d'une voix douce :
– Nous verrons cela plus tard. D'abord, vous devez vous reposer et manger quelque chose. C'est un voyage bien fatigant que vous venez de faire…

La maison de Mme Appleby était très propre et très ordonnée.

– Asseyez-vous donc, proposa son mari en désignant des chaises en plastique orange.

Avec sa chemise à fleurs, M. Appleby avait l'air de sortir d'une vieille série télé. Java s'installa le premier, son estomac gargouillait tellement il avait faim.

– Pour qui est la chaise qui reste ? demanda Martin de son ton le plus poli.

– Pour notre fille, Marcia. Justement, la voilà qui arrive…

En voyant entrer la jeune fille, Martin crut que sa mâchoire allait se décrocher.

Diana se pencha vers son frère :

– Martin, méfie-toi, tu es à deux doigts de baver…

– J'espère que vous avez bon appétit, intervint M. Appleby, parce que mon épouse est la meilleure cuisinière du coin !

– Et c'est quoi, ce coin ? demanda de nouveau Diana.
Marcia enchaîna aussitôt :
– Quelle belle table nous avons ce soir !
Elle adressa un sourire ravageur à Martin, dont le cœur chavira instantanément.

Mme Appleby entra alors dans le salon avec un large plat fumant :
– C'est ma spécialité, annonça-t-elle. Rôti aux patates douces.

Diana commençait à croire que la famille Appleby refusait tout simplement de répondre à sa question. Elle se pencha discrètement vers son frère et lui glissa :

– Allô Martin, ici la Terre. J'ai besoin d'un coup de main pour savoir où nous sommes. Eh, arrête de fixer cette pauvre Marcia, tu vas l'user à force de la regarder...

Martin n'entendit même pas la remarque de sa sœur. Il était perdu dans les jolies boucles de la chevelure de Marcia.

– Est-ce que ça vous dirait d'aller au cinéma avec moi ? lui demanda-t-il directement.

La jeune fille baissa les yeux en rougissant.

– Elle est un peu trop jeune, répondit le père. Elle n'a que seize ans ! Et puis dans ce pays, les cinémas…

– Puisque vous en parlez, insista Diana, c'est quoi, ce pays ?

– Allez, donnez-moi vos assiettes, coupa Mme Appleby. Goûtez-moi ça, vous m'en direz des nouvelles…

chapitre 5

Diana, Martin et Java dormaient à poings fermés, mais le cri fut si déchirant que tous se réveillèrent en même temps.

– Qu'est-ce que c'était ? marmonna Martin.

– Si c'est encore un de tes cauchemars qui m'a réveillée, grogna Diana, je te fais manger ton oreiller.

Java était lui aussi étendu sur le dos, et claquait des dents.

– Ça pas cauchemar. Ça cri horrible de quelqu'un qui a vu la mort.
– Qu'est-ce que tu racontes, Java ? Nous sommes chez les Appleby... Tiens, c'est marrant, je ne me souviens pas de m'être couché. La dernière chose que je me rappelle, c'est d'avoir mangé du rôti...

Martin se redressa dans son lit. La chambre était meublée simplement, et une large fenêtre donnait sur le jardin.
– J'ai mal à la tête, constata Diana. Je me demande s'il n'y avait pas quelque chose dans la nourriture...
– En effet ! s'exclama Martin. Il y avait du rôti et des pommes de terre !
– Réfléchis un peu. Tu ne trouves pas étrange qu'aucun de nous ne se souvienne de s'être couché ? Tiens, par exemple, te rappelles-tu avoir dit bonsoir à Marcia ?

Martin fronça les sourcils :
– Tu as raison, c'est bizarre. On a mangé et hop, on se retrouve au lit…

Diana leva les yeux au ciel.
– Eh bien, tu en auras mis du temps ! Je me demande si les Appleby sont aussi gentils qu'ils en ont l'air…

Un cri d'horreur résonna à nouveau dans la nuit.
– C'est une voix d'homme, commenta Martin. Ça vient de dehors. Il faut aller voir !

Le jeune homme se rua sur la porte de la chambre et découvrit qu'elle était verrouillée.
– Nous sommes enfermés ! s'écria-t-il.
– Pas si sympas que ça, les Appleby, confirma Diana.

Java ne faisait plus attention à ce que disaient ses amis. Il regardait, pétrifié, par la baie vitrée.
– Là, dehors, fit-il en désignant un bosquet d'une main tremblante. Java a vu forme qui traînait un corps !
– Tu sais, Java, le rassura Diana, on est tous mal réveillés, c'est vrai que l'endroit

n'est pas rassurant, mais de là à imaginer que…

Diana ne termina pas sa phrase. Elle aussi venait de voir les ombres passer dehors. Elle se réfugia contre son frère.
– Martin, qu'est-ce que c'est encore que cette histoire ?
– Il faut garder la tête froide, sœurette. Ce sont peut-être les Appleby qui font une petite balade nocturne pour arroser leurs légumes ?

Une troisième fois, plus terrible que jamais, un cri déchira le silence.
– Et ça, déclara Diana, c'est le cri d'une carotte ?
– Il faut se rendre à l'évidence, il se passe des choses étranges, mais ce n'est pas en restant ici qu'on découvrira de quoi il s'agit.

– Je redoutais que tu dises un truc comme ça !

– Java, ouvre-nous cette porte, s'il te plaît…

La maison était déserte. En passant dans le salon, Martin remarqua une pile de journaux et les feuilleta.

– Tous datent de 1962, commenta-t-il.

– Ce n'est pas l'année pendant laquelle il y a eu des disparitions à la station Riverside ? demanda Diana.

– Si, justement. Cela tendrait à prouver que les Appleby faisaient partie des disparus…

– Difficile à croire, fit remarquer Diana, M. et Mme Appleby auraient alors au moins soixante ans, et ils ont l'air d'en avoir seulement la moitié !

– C'est peut-être une dimension où l'on ne vieillit pas…

– Génial, je connais des tas de copines qui vont vouloir venir ici ! Mais cela voudrait aussi dire que Marcia pourrait être ta mère, mon petit Martin.

Le jeune homme eut une moue dégoûtée.
– Quelle horreur, j'ai failli aller au cinéma avec ma mère ! En même temps, Hunter, lui, n'a pas besoin d'attendre d'être grand-père pour avoir une tête de revenant !

Diana ne trouva rien à répondre et se contenta de donner un bon coup de poing à son frère.
– Si toi dire du mal du petit chéri de Diana, toi être en danger ! s'exclama Java.

Les trois agents se précipitèrent dans le jardin. Tout en frictionnant son épaule endolorie, Martin activa le détecteur infrarouge de son chrono-scan.

– Avec ça, nous allons vite savoir dans quelle direction chercher.

De nombreuses traces apparurent sur le sol.

– Deux ou trois personnes, en déduisit Martin.

– Et elles traînaient quelqu'un qui se débattait, compléta Diana en désignant de longs sillons irréguliers.

– Java pas rassuré. Java vouloir rentrer à la maison pour regarder télé en mangeant chips.

– Plus tard, Java, il faut d'abord trouver comment sortir de cette dimension. En attendant, on va suivre les traces et

essayer de sauver la victime qui a été emmenée de force.
– Pourquoi faut-il qu'on soit toujours là quand le pire arrive ? soupira Diana.

En réponse à la question de Diana, un nouveau cri retentit. Les cheveux des trois agents se dressèrent sur leurs têtes.
– Java, tu crois que c'est le moment de jouer des castagnettes ?
– Java pas jouer castagnettes. Java claquer des dents très fort…

chapitre 6

Avec prudence, les trois agents progressaient dans la jungle. Martin, en tête, éclairait le chemin.

– Regardez ! fit-il en montrant un vêtement jeté dans les buissons.

– On dirait une veste de conducteur de métro...

Martin attrapa l'uniforme, sur lequel une petite plaque de cuivre était accrochée.

– « Joe Green. » C'est donc lui qu'on entend hurler... Je me demande ce que lui veulent les Appleby.

– Je ne suis pas pressée de le savoir...

Le trio reprit sa progression et arriva enfin au pied d'une paroi rocheuse.

– Quel dommage ! s'exclama Diana, les traces s'arrêtent là. On va être obligés d'attendre que le jour se lève...

Un hurlement s'éleva. Il venait du fond d'une grotte que les jeunes gens n'avaient pas remarquée.

– Allons-y, fit Martin.

– Il faut vraiment entrer dans ce trou sombre ?

Sans prendre le temps de répondre, Java et Martin la saisirent par les bras et l'entraînèrent dans l'obscurité de la grotte.

Les trois jeunes gens avançaient en longeant les parois. Diana gémissait à la vue des toiles d'araignée. Après avoir marché un moment, ils débouchèrent dans une immense salle souterraine. Une lueur orangée illuminait tout l'espace.

– Il fait chaud ici, remarqua Diana.

Ils comprirent vite pourquoi : au centre de la caverne se trouvait un lac de lave en fusion.

– Là-bas, sur l'autre rive, regardez ! s'exclama Martin.

Debout sur un étroit parapet qui surplombait le lac de feu, se trouvait Joe Green.
– Ne faites pas ça ! implorait-il. Je ne vous ai rien fait ! Pitié !

À l'aide d'une immense perche, les parents Appleby essayaient de le précipiter dans la lave !
– Regardez-moi ces monstres ! protesta Martin. Ils vont le tuer de sang-froid. Mais tu vois, Diana, Marcia n'est pas avec eux. Mon flair est infaillible en matière de jolies filles !

Avec de plus en plus de hargne, les parents Appleby tentaient de faire basculer le conducteur dans le vide. Martin se demandait comment rejoindre l'autre rive lorsqu'il entendit sa sœur s'écrier :

– Martin, derrière toi !

Java s'élança pour protéger son ami, mais il arriva trop tard. Marcia avait eu le temps de l'assommer. Martin gisait sur le sol, sans connaissance.
– Si vous faites un pas de plus, menaça Marcia, je le jette dans la lave…

La situation était critique pour les trois agents du Centre. Lorsque Martin reprit connaissance, il était ligoté avec ses compagnons et Joe Green sur le petit promontoire. À quelques centimètres de leurs pieds, le gouffre s'ouvrait sur un océan de lave. La chaleur leur brûlait le visage.
– Vous êtes des malades ! hurla Diana à l'attention de la famille Appleby.
– Marcia, s'écria Martin. Je croyais qu'il y avait quelque chose entre nous !
– Tu te faisais des idées, mon pauvre garçon !

– Sur ce point, je ne peux pas lui donner tort, commenta Diana.

Java essaya de desserrer ses liens, mais M. Appleby lui donna un grand coup de perche. Java faillit perdre l'équilibre et tomber dans le lac de feu, heureusement Joe Green et Martin le retinrent au dernier moment.
– Il était moins une, fit le conducteur. Cela va sûrement vous paraître égoïste : je suis content de ne plus être seul dans ce cauchemar. Ce sont des fous !
– Nous allons nous en sortir, fit Martin.
– J'admire votre optimisme, répondit Joe.
– C'est à se demander si tu as toute ta tête, ajouta Diana. Nous sommes au bord d'un lac en fusion dans lequel trois dingues veulent nous jeter, et tu trouves

encore le moyen de croire que nous allons nous en sortir!

M. Appleby leur administra un nouveau coup de perche.

– Silence! aboya-t-il. Arrêtez de parler entre vous! Zorlok ne devrait plus tarder et il n'aime pas que les proies lui manquent de respect!

– Zorlok? C'est quoi, Zorlok? demanda Diana.

– Je crois qu'il vaudrait mieux demander «c'est qui?» rectifia Martin.

Un grondement infernal fit trembler toute la caverne.

– Java, s'il te plaît, dis-moi que c'est ton estomac qui gargouille…

– Java pas gargouiller. Java pas faim. Java pétoche.

Sur l'autre rive, les Appleby s'étaient agenouillés et chantaient d'étranges incantations.

– On dirait qu'ils prient une divinité, observa Martin.

Le flot de lave se mit à bouillonner de plus en plus fort. Les Appleby poursuivaient leur rituel.

Soudain, une forme émergea du lac de feu.

– Zorlok arrive, grommela Java.

Joe Green ferma les yeux.

– Dites-moi que c'est un mauvais rêve et que je vais me réveiller.

La tête de la créature était énorme. Son cou s'étira, immense, et lorsque son corps apparut, il n'y eut plus de doute : Zorlok était le dragon le plus grand qu'aucun humain ait jamais vu.

– Alors, Diana, toujours convaincue que les dragons n'existent pas ? demanda Martin.

Joe Green s'était évanoui de peur.
– Java pas vouloir finir en sandwich de Zorlok !
– La vraie question, mon pote, c'est de savoir s'il va nous aimer bien cuits ou saignants !

Zorlok se dressait maintenant de toute sa hauteur. Sa tête hérissée de nombreuses cornes frôlait le haut de la caverne souterraine. Les Appleby se prosternaient devant lui. Il se pencha vers ses futures victimes.
– Je crois que je vais m'évanouir aussi, murmura Diana.
– De toute façon, on n'a rien d'autre à faire avant l'heure de son dîner ! essaya de plaisanter Martin.
Le monstre les renifla bruyamment.
– Zorlok avoir haleine de poney ! commenta Java.

– Et il a le même regard stupide que Hunter Barrington ! ajouta Martin.
– Silence, bande de moins que rien ! décréta M. Appleby. Comment osez-vous parler ainsi devant le tout-puissant Zorlok ? Laissez-moi plutôt vous raconter l'histoire de celui qui va vous dévorer.
– Et après il nous lira la liste des petits légumes avec lesquels on cuira ! fit Martin.

Sur un ton théâtral, M.Appleby expliqua :
– Au commencement des temps, cette dimension était celle des dragons. Certains vinrent sur Terre il y a des milliers d'années. Zorlok fut l'un d'eux. Il terrifia l'ancienne Mésopotamie et goûta à la chair humaine, dont il tire maintenant son énergie vitale. Rejeté dans sa dimension par la magie des grands prêtres, il

attendait ici jusqu'à ce que la faille spatio-temporelle nous amène à lui et fasse de nous ses serviteurs…

– Ses serviteurs ? s'exclama Diana. Ce qui veut dire que vous lui fournissez des victimes ?
– C'est exact. En échange, Zorlok nous protège et nous fait don d'une éternelle jeunesse.

Diana se tourna vers son frère :
– Mauvaise nouvelle, Martin, tu as bien invité une vieille dame à aller au cinéma...
– Cela signifie aussi que Marcia et ses parents ont sacrifié les autres disparus de Riverside ! Ce sont de dangereux criminels...
– Excellente déduction, Martin, mais cela ne nous dit pas comment nous allons sortir d'ici.
– Java terrifié de voir quelqu'un avec plus gros appétit que lui !
– Pas de panique, les amis, intervint Martin. Je crois que j'ai une idée. D'après

ce que j'ai appris, les dragons sont complètement sourds, ils détectent leurs proies grâce aux mouvements. Nous devons donc rester absolument immobiles, et il nous laissera tranquilles.

– Sur ce coup-là, Martin, je vais t'obéir. Mais si c'est encore des bêtises...

– ...Tu me donneras un bon coup de poing dès que nous serons arrivés dans son estomac !

Dressé au-dessus du lac en fusion, le dragon se balançait doucement. Ses mâchoires entrouvertes laissaient deviner d'impressionnantes rangées de dents pointues...

– Je ne sais pas ce qui me fait le plus peur, gémit Diana : me faire déchiqueter par ce monstre ou brûler dans cette lave incandescente.

– Pour le moment, répliqua Martin, il faut obliger les Appleby à bouger plus que nous, afin que ce soit eux qui attirent l'attention de Zorlok.

Martin força discrètement sur ses liens pour tenter d'activer son chrono-scan. Il connaissait son gadget par cœur et n'eut aucun mal à déclencher la fonction rayon laser. Il coupa la corde qui le retenait prisonnier. Zorlok n'était qu'à quelques mètres et il l'observait, prêt à repérer le moindre mouvement.

– La bonne nouvelle, murmura Martin, c'est que je suis libre de mes mouvements. La mauvaise, c'est que si Zorlok me voit bouger, il va tous nous croquer…

Le dragon semblait en effet s'intéresser de moins en moins à eux depuis qu'ils se tenaient immobiles. Martin essaya de viser les Appleby avec son rayon laser. Le faisceau rouge traversa l'espace de la caverne et vint frapper juste à côté.
– Manqué, dit-il. Une petite correction à droite, on pousse l'intensité au maximum et...

Le rayon toucha cette fois la cuisse de Mme Appleby. Elle poussa un hurlement de douleur et se mit à sautiller sur une jambe. L'effet ne fut pas long. Zorlok pivota sur lui-même et s'approcha de cette drôle de créature dansante.

Martin profita de l'inattention du monstre pour affiner son tir.
– À présent, c'est au tour de monsieur...

Il dirigea son chrono-scan et tira. Le rayon jaillit et toucha M. Appleby qui s'agita aussitôt en se tenant le bras.
– Et toi, jolie Marcia... Tu n'as pas voulu aller au cinéma, mais tu vas aller danser !

Le troisième rayon frappa Marcia au pied. Elle poussa un cri de chouette et fit un bond.
– Zorlok a soudain envie de goûter à ses fidèles serviteurs...

Sautillant et hurlant, les Appleby déguerpirent, mais Zorlok les avait repérés et il était maintenant après eux.
– Ne perdons pas une seconde, déclara Martin. Java, tu portes Joe Green. Diana, tu restes derrière nous, et si Zorlok se retourne, vous vous immobilisez tout de suite.

– Oh oui, j'ai compris ! C'est comme quand on joue à « un, deux, trois, soleil » ! s'exclama Diana.

– Hunter sera sûrement très impressionné quand il apprendra que tu as joué à « un, deux, trois, soleil » avec un dragon millénaire...

– Si tu parles de ça un jour, je te...

– ...fais un gros bisou pour m'avoir encore une fois sauvé la vie. Je sais, merci, Diana.

Les trois jeunes gens se faufilèrent sur l'arête rocheuse. Java portait le conducteur de métro, qui n'avait toujours pas repris connaissance. À l'autre bout de la grotte, les Appleby essayaient d'échapper à Zorlok. Il était désormais sorti du lac et marchait sur leurs traces. Chacun de ses pas faisait trembler les parois de pierre.

– Dépêchons-nous ! lança Martin. Si Zorlok continue à piétiner le sol comme ça, il va finir par provoquer l'effondrement de la caverne.

Les Appleby étaient complètement paniqués et couraient aussi vite qu'ils le pouvaient. Zorlok essayait de les attraper.
– Au secours ! hurla Mme Appleby.
– Martin ! s'écria Marcia. Je croyais qu'il y avait quelque chose de spécial entre nous !
– Tu te faisais des idées !

Le dragon n'était plus qu'à quelques mètres de ses fidèles serviteurs. Ses pas se faisaient de plus en plus lourds et chaque secousse décrochait de la voûte de gros blocs de pierre.

– Profitons de cette diversion pour sortir de la grotte !

Les trois agents s'éloignèrent à toute allure du lac de lave. Soudain, un pan entier de la paroi rocheuse s'écroula.

– Diana, attention ! hurla Martin.

Le jeune homme bondit pour écarter sa sœur de la trajectoire des rochers, qui se fracassèrent lourdement sur le sol tout près d'eux.

– Ils ne sont pas tombés loin, commenta Martin en soutenant sa sœur.

– Caverne va s'effondrer, nous partir !

– Tout à fait d'accord, Java. Ne lâche pas notre conducteur !

Alors que les trois agents couraient vers la sortie, le grondement d'un éboulement résonna dans toute la caverne. À travers ce puissant fracas, il leur sembla entendre des cris.

– Pauvres Appleby ! souffla Diana. Je n'aimerais pas être à leur place.
– Tu es bien gentille de les plaindre, rétorqua Martin. Eux, ils étaient prêts à nous jeter en pâture à ce monstre. Qu'ils s'expliquent avec lui maintenant qu'ils sont bloqués en sa compagnie !

À peine eurent-ils mis un pied dehors que toute la montagne se mit à trembler. Un nuage de poussière s'échappa du tunnel.
– Il ne faut pas traîner ici, Zorlok a provoqué un véritable tremblement de terre. Retournons à la faille spatio-temporelle.
– Java bien content quitter cette dimension.
– Je te comprends. En plus, nous allons avoir beaucoup de choses à raconter à Mom. Je me demande si elle et son clone se sont inquiétés... J'ai hâte de retrouver Torrington et notre joyeuse vie d'étudiants.

Alors qu'ils approchaient de la clairière où se trouvait la faille spatio-temporelle, Diana attrapa son frère par le bras :
– Martin, j'ai une question à te poser.
Le jeune homme s'arrêta aussitôt. Jamais sa sœur ne lui avait parlé avec une telle détresse dans le regard.
– Qu'y a-t-il ?
– Est-ce que tu crois que Hunter cherche vraiment à se servir de moi pour ses devoirs ?

Martin sourit et se pencha vers elle.
– Ma petite Diana, tu t'inquiètes pour rien. Si ce jeune homme essaie de te prendre pour une idiote, il fait une très grosse erreur, car tu seras la première personne à t'en rendre compte et à le lui faire payer. En plus, tu pourras compter sur moi pour te donner un coup de main ! Alors laisse-lui sa chance !

Diana était touchée par ce que venait de lui dire son frère. C'était aussi pour ces moments-là qu'elle l'aimait.

– Bon, reprit Martin, c'est pas tout ça mais il faut rentrer maintenant. Sinon Mom va encore nous passer un savon !

Les trois amis et leur protégé sautèrent dans la faille. La lumière les avala et les reconduisit dans leur dimension, au moins pour cette fois…